Não era uma vez...

Marcos Rey

Não era uma vez...

ilustrações Cecilia Esteves

© Jefferson L. Alves e Richard A. Alves, 2022

2ª Edição, FTD, 2007
3ª Edição, Global Editora, São Paulo 2016
10ª Reimpressão, 2024

Jefferson L. Alves – diretor editorial
Flávio Samuel – gerente de produção
Danielle Sales – coordenadora editorial
Thaís Fernandes – revisão
Cecilia Esteves – ilustrações
Eduardo Okuno – projeto gráfico

CIP-BRASIL. Catalogação na Publicação
Sindicato Nacional dos Editores de Livros, RJ

R351n
    Rey, Marcos, 1925-1999
      Não era uma vez... / Marcos Rey. - [3. ed.] - São Paulo : Global, 2015.

    ISBN 978-85-260-2114-3

    1. Ficção infantojuvenil brasileira. I. Título.

14-15403   CDD: 028.5
                                                           CDU: 087.5

Obra atualizada conforme o
NOVO ACORDO ORTOGRÁFICO DA LÍNGUA PORTUGUESA

Global Editora e Distribuidora Ltda.
Rua Pirapitingui, 111 – Liberdade
CEP 01508-020 – São Paulo – SP
Tel.: (11) 3277-7999
e-mail: global@globaleditora.com.br

Direitos reservados.
Colabore com a produção científica e cultural.
Proibida a reprodução total ou parcial desta
obra sem a autorização do editor.

Nº de Catálogo: **3563**

Não era uma vez...

Sumário

Fala Virgínia, a cachorrinha 9

Gil 10

Agitação na casa de Gil 11

A busca no quarteirão 13

Vocês viram uma cachorrinha branca com manchas pretas? 14

A ideia de seu Rubens 15

Será que acharam a cachorrinha? 17

A primeira noite sem Virgínia 18

Gil e sua bicicleta 19

O mundo fora de casa 20

Uma cachorrinha no metrô? 22

Testemunha de um casamento 24

Virgínia na roda-gigante 27

A velha atriz e seu grande amor pelos cães sem dono .. 30

Enfim, livres 34

Mais pistas com o homem de pernas de pau 37

Fim da história 39

Fala Virgínia, a cachorrinha

Não era uma vez uma cachorrinha.

Dissemos que não era uma vez porque antigamente todas as histórias começavam assim: "Era uma vez...". Esta, que vamos contar, não é uma história de antigamente, é de agora, e, pensando bem, nem é uma história, pois tudo aconteceu mesmo, não foi imaginado. Daí esse começo diferente. Tão diferente que até vamos deixar que a própria cachorrinha se apresente.

— Meu nome é Virgínia, mas podem me chamar de Virgininha, gosto mais. Sou uma cadelinha da raça dálmata, aqueles cachorros brancos com manchas pretas. Dálmatas porque viemos da Dalmácia, pequena região dos Bálcãs, na Europa. Mas é importante que saibam que tenho "pedigri", que em inglês se escreve *pedigree*. Não sou uma vira-lata nem uma vira-latinha, tenho atestado de nascimento, e meus pais, avós, bisavós e até trisavós estão registrados num livrão no Kennel Club e no Dálmata Club. Alguns deles ganharam medalhas e troféus em torneios e exposições. Outra coisa: obrigatoriamente os cães com *pedigree* têm sobrenome, como as pessoas. O meu é Ebony Spots. Virgínia Ebony Spots. Virgínia "das Manchas Cor de Ébano". Mais não posso falar porque cachorro não fala.

Gil

– Meu nome é Gil e sou o dono da Virgínia. Estou na quarta série, tenho cabelos pretos, calço trinta e cinco e meço um metro e quarenta centímetros. Estou crescendo bastante por causa das gemadas. Gostam de gemada? É o melhor gosto do mundo. Jogo futebol e sou capaz de dar dez voltas no quarteirão sem me cansar. Mas o mais bacana para mim é ler. Leio até livros para adultos para aprender tudo bem depressa. Agora vou falar da minha cadelinha. Não, não posso. Se falo dela, me dá vontade de chorar...

Por quê? O que teria acontecido a Virgininha?

Agitação na casa de Gil

Gil e Virgínia, os pais de Gil e mais Betinha, a empregada, moram no número vinte e oito, um sobradinho amarelo. A cachorrinha está sempre no jardim, correndo e latindo, mas dorme com Gil no quarto de cima, que tem a janela para a rua. Às vezes ela sobe numa cadeira e fica espiando a rua. Quando passa algum pastor-alemão, late. Detesta os pastores e pequineses. Certamente também não aprecia os gatos, mas isso já nasceu com ela. Nem sabe explicar por quê.

Tem um fusca chegando. É o pai de Gil que vem almoçar. Chama-se Rubens e vende casas, apartamentos e terrenos. Já entrou e deixou o carro sob uma cobertura.

A mulher loura que apareceu à janela é dona Laura, mãe de Gil. Agora ela já saiu da janela para receber o marido.

Os dois se abraçam, já na sala, e seu Rubens estranha que Virgínia não apareceu para fazer festa.

– Onde está a dalmatinha?

– Deve estar no quintal.

Aí aparece Betinha, a empregada, uma mulher gorda, apesar do diminutivo, muito simpática e amigona da família.

Seu Rubens repete a pergunta:

– E a Virgininha?

– No jardim não está.

– No quintal também não, seu Rubens. Gil correu para o quintal, Betinha foi para o jardim. Seu Rubens e dona Laura foram procurar a cachorrinha no andar superior. Uma correria pela casa, um tal de subir e descer escada e de chamar pela dálmata. Às vezes ela entrava no banheiro e ficava presa. Mas desta vez não estava no banheiro. Nem na despensa. Nem na copa. Nem em lugar algum.

Os quatro reencontraram-se na sala.

– Lá em cima não está.
– Nem no quintal.
– Nem no jardim.
Restou a conclusão para Gil:
– Então ela sumiu!

A BUSCA NO QUARTEIRÃO

O pai de Gil, seguido pelo garoto, saiu correndo, entrou no fusca e manobrou fazendo ruído.

– Aonde vai, pai?

– Venha, ela não deve estar longe.

Gil entrou no carro com o coração apertado.

– Ela não pode ter fugido, gosta muito da gente.

– Acho que foi até a esquina e se perdeu.

– Alguém pode ter pegado a Virgínia.

– Nem pense nisso.

Seu Rubens deu uma volta bem lentinha pelo quarteirão. A uns vinte quilômetros por hora. Deu mais outra, a dez. Depois resolveram ir até o fim da rua, pai e filho, olhando cada um para um lado.

– Pai, não a vi.

– Calma.

– Não consigo ficar calmo, pai.

– Vamos correr o bairro todo.

Seu Rubens guiava devagar, rua por rua do bairro. Viram alguns cachorros, mas nem se pareciam com Virgínia. Quase uma hora depois voltaram para casa. Dona Laura estava aflita no portão.

– Encontraram?

– Não.

– E agora?

Seu Rubens já tinha a resposta:

– Vamos perguntar por ela de porta em porta.

– Primeiro vamos almoçar.

– Eu e Gil não estamos com fome, Laura.

Vocês viram uma cachorrinha branca com manchas pretas?

Foi essa a pergunta que seu Rubens e Gil fizeram em quase todas as casas da rua onde moravam, na paralela e nas transversais. Principalmente nos estabelecimentos de comércio. E às pessoas que iam passando. E às que estavam paradas. Aos guardas de trânsito. A tudo que tinha olhos e se movia. Centenas de vezes:

– Viu uma cachorrinha branca com manchas pretas?

Cada não era uma faca no peito do menino.

– Vamos para casa, filho.
– Não estou com fome.
– Vamos.
– Mas nós não a achamos.
– Tive outra ideia...

A ideia de seu Rubens

Enquanto almoçavam, seu Rubens expôs a ideia:

– Vou a uma estação de rádio e faço um anúncio oferecendo uma boa gratificação a quem trouxer a Virgínia. É o que sempre se faz com cachorros perdidos.

A ideia era boa.

– Faça isso – implorou dona Laura.

– Assim que acabar o almoço.

– Posso ir com o senhor? – pediu Gil.

– Não, fique perto do rádio para ouvir o anúncio.

– O senhor acha que dá certo?

Seu Rubens respondeu com um sorriso. Mas nem quis sobremesa. Pegou o fusca e pisou no acelerador até a estação de rádio.

Dona Laura ligou o rádio bem alto, mas Gil não ficou na sala. Foi para o portão, na esperança de que as manchas pretas voltassem para casa.

Ainda não havia chorado. Por muito menos já chorara. Quando perdera, por exemplo, a figurinha mais rara de seu álbum. Quando apanhara gripe na véspera duma viagem para a praia. Quando quebrara, sem querer, a vidraça da casa do vizinho com um chute na bola. Mas agora as lágrimas não saíam, o que era pior.

A voz de dona Laura veio da sala:

– Venha depressa, Gil!

O menino correu para a sala, o rádio no máximo.

– Cachorrinha perdida.... – dizia o locutor. – Perdeu-se uma cachorrinha dálmata, branca com manchas pretas, de três anos, que atende pelo nome de Virgínia. Gratifica-se bem a quem a encontrar. – E em seguida fornecia o endereço da casa de Gil.

Dona Laura abraçou o filho.

– Esse programa é muito ouvido, Gil. Agora vá brincar um pouco.

– Sem Virgínia não tem graça.

O locutor repetiu o texto mais três vezes durante a tarde. – Gratifica-se bem.

À noitinha, mais cedo que de costume, seu Rubens voltou.

– Ela apareceu?

– Não.

– E o menino?

– Coitadinho!

– Está chorando?

– Acho que não. Anda o tempo todo. Já deu não sei quantas voltas pelo quarteirão.

Seu Rubens perdia as esperanças:

– Na estação de rádio disseram que os cachorros perdidos ou aparecem no primeiro dia ou nunca mais.

– Não diga isso ao Gil.

Seu Rubens, com outra ideia, subiu a escada e foi para o quarto do filho. Felizmente Gil ainda não chorava. Era hora de conversa de homem para homem.

– Ouviu o rádio, filho?

– Ouvi.

– Gil, se Virgínia não aparecer compro outro cachorro. (O menino não teve reação.) Também de *pedigree*. (Apenas olhava para a parede.) Pode ser outro dálmata. (Abotoou e desabotoou um botão da blusa.) Uma cadelinha. E a chamaremos de Virgínia. (Nem olhava para o pai.) Os dálmatas são quase todos iguais.

Gil olhou para o pai com naturalidade. E falou, muito sério: – Se a Virgínia não voltar, nunca mais vou querer outro cachorro.

Campainha. O som que ela produzia era mais que esperança.

Será que acharam a cachorrinha?

Enquanto seu Rubens e Gil desciam os degraus da escada, lá embaixo dona Laura e Betinha já corriam para a porta. Betinha chegou antes e abriu.

– Aqui que perderam uma cachorrinha? – perguntou uma voz infantil.

Da sala, ainda, Gil respondeu:

– Foi aqui, sim.

Então, além de Betinha, seu Rubens, dona Laura e Gil já estavam, ansiosos diante da porta, ensaiando o primeiro sorriso de felicidade.

Um menino duns doze anos, com um boné vermelho enterrado na cabeça, o rosto coberto de sardas, orelhas em pé de vento, segurava e abraçava uma cadelinha preta de pelos lisos.

– Eu achei ela – disse o menino, num tom de boa notícia.

Os olhos são mais rápidos que a voz: Gil, os pais e Betinha já sabiam que se tratava de um engano. Aquela cachorrinha não era nem dálmata nem Virgínia.

– Não é essa a nossa cadelinha – esclareceu seu Rubens, dando-lhe uma gorjeta. – Obrigado, garoto.

Todos olharam para Gil. Agora, sim, ele deixou escapar uma lágrima, que lhe corria pela face como uma pequena bola de vidro. E voltou para o quarto.

A primeira noite sem Virgínia

Virgínia tinha uma casinha no quintal, mas, como já foi dito, dormia com Gil em seu quarto. Ela mal fechava os olhos se espichava toda e, se tinha pesadelos, chorava. Gil a acordava para que ela parasse de ter sonhos feios. O menino lembrava disso quando levou para o quarto sua lágrima.

Aquela noite Gil não quis jantar nem assistir à televisão. Nem ao menos leu. Também não conseguia dormir. Onde estaria Virgínia? Em que lugar passaria a noite? Haveria uma estalagem para cãezinhos perdidos? Já teria jantado? Só fazia perguntas que tinham eco, mas não respostas.

Mas não pensem que ficou acordado a noite toda. Depois de ter bolado uma ideia, pôde dormir.

Que ideia, Gil?

Ela já nasceu um segredo. Não a contou para ninguém, nem mesmo para Betinha, a confidente de seus planos e travessuras.

Gil e sua bicicleta

Na manhã seguinte Gil foi o primeiro a sair da cama. Tomou um banho, escovou os dentes e enfiou no bolso todas as economias do seu cofrinho.

Quando dona Laura apareceu na cozinha, ele já estava lá, tomando café com leite servido pela Betinha.

– Mãe – disse –, vou dar um passeio.

– Aonde vai, meu filho?

– Procurar a Virgínia pelo bairro.

– Não demore, Gil.

– Estou de férias, mamãe. Acho que posso demorar um pouco mais.

Gil foi até o quintal e pegou a bicicleta. A ideia não era procurar Virgínia apenas pelo bairro. Decidira procurá-la pela cidade inteira, embora soubesse que São Paulo era uma das maiores cidades do mundo, e que dá até medo de tão grande. Mas seu amor pela Virgínia era ainda mais largo e mais comprido que a cidade.

Dona Laura acompanhou o menino até o portão.

– Precisa mesmo ir de bicicleta?

– Preciso.

– Cuidado, meu filho.

– Tchau, mãe.

Quando dona Laura subiu para arrumar o quarto de Gil, encontrou o cofrinho sobre a cama – vazio. O cofre sem nenhuma moedinha foi para as mãos de seu Rubens e de Betinha. E os três ficaram muito preocupados.

Enquanto os três se entreolhavam, na rua, com muita força nos pés, Gil pedalava, afastando-se de sua casa e de sua realidade de todos os dias.

O mundo fora de casa

A rua onde Gil morava ficou para trás. Ficaram uma praça, uma avenida, uma ponte, o bairro todo. Já não conhecia o asfalto pelo qual pedalava, nem as casas e os edifícios altos. A cidade mostrava-lhe uma cara diferente, menos amiga, e as pessoas que circulavam tinham mais pressa que as de seu bairro. Subitamente o menino sentiu medo de perder-se no tamanho da metrópole, então parou e começou a perguntar a todos se tinham visto uma cachorrinha branca com manchas pretas.

A um mendigo que descascava uma banana ainda verde, a uma jovem que empurrava um carrinho de bebê (não perguntou ao bebê porque ele estava dormindo) e ao homem mais gordo que ele já vira. Vinham duas irmãs gêmeas, iguaizinhas, perguntou para elas. E perguntou a um padeiro, todo de branco, que conduzia pela manhã um cheiro de pão fresco.

– Eu também perdi um cãozinho quando tinha seu tamanho e nunca o esqueci. O amor é melhor que pão fresco porque nunca fica amanhecido.

Perguntou a um homem de longas pernas de pau. Sabem, aquele que carrega cartazes anunciando produtos ou espetáculos. Homem-sanduíche de quatro metros de altura.

– O senhor aí de cima! Por acaso viu uma cachorrinha branca de manchas pretas?

O propagandista de pernas-de-pau olhou para baixo.

– Vi, sim.

– Viu?

– Aquela danadinha deu uma trombada com as minhas pernas e quase me esparrama no chão.

– Quando foi isso, senhor?

– Ontem à tarde.

– Que direção ela tomou?

– Metrô.
– E onde é o metrô?
– Vire a primeira à direita.

Gil tornou a subir na bicicleta, pedalando. Agora ia para um lugar certo, mas a cidade, cada vez maior e mais estranha, ainda assustava. Foi e virou à direita.

Uma cachorrinha no metrô?

Gil jamais viajara nos trens do metrô nem conhecia suas estações. Sabia que eram subterrâneas, mas não do tamanho duma praça. Encostou a bicicleta, desceu a escada rolante (pela primeira vez sozinho) e lá embaixo viu muita gente, milhares, que entrava e saía dos trens. Gente apressada com mais pernas que rostos. Homens, mulheres e crianças, todos aparentados pela mesma correria. Nenhum teria tempo para responder a perguntas ou dizer bom-dia.

O menino dirigiu-se a um senhor fardado, funcionário da limpeza do metrô.

– Está perdido, garoto?

– Quem se perdeu não fui eu, foi minha cachorrinha. Disseram que ela esteve por aqui ontem.

O homem enrugou a testa, e quem enruga a testa está lembrando:

– Uma branca com manchas pretas?

– O senhor viu minha cachorrinha?

O funcionário do metrô riu com o rosto todo.

– Se vi... Que fuzarqueira!

Contava e sorria. A cachorrinha desceu pela escada rolante. Ninguém ainda tinha visto uma cachorrinha descer por uma escada rolante. Com uma vassoura, o funcionário quis obrigar Virgínia a sair do metrô. Mas ela não queria. E sabem o que ela fez? Acabou entrando num vagão. O senhor fardado e mais outro funcionário foram atrás dela. Virgínia passava de um vagão para outro, despertando sorrisos. Era uma farra! Todos passavam a mão na cadelinha ou facilitavam sua fuga.

– E o trem ia partir?

– E o trem ia partir.

– E partiu com ela?

Não. Depois de dar seu espetáculo, Virgínia saiu do trem e, perseguida pelo funcionário do metrô, subiu a escada rolante e voltou à

superfície. Aí ficou desorientada, um palmo de língua para fora, o rabo testando a direção do vento. O funcionário percebeu que estava perdida, foi chegando e quase pôde segurá-la.

– Era tão bonitinha que pensei em levá-la pra casa. Tenho um netinho. Ele ia gostar.

– Mas o senhor não segurou?

– A danadinha escapou.

– Foi para onde?

– Como posso saber para onde?

– O senhor não viu a direção?

– Vi, foi para o lado da igreja.

– Que igreja?

– Tem uma igreja perto da estação.

Gil não quis ouvir mais nada. Só disse obrigado e correu para cima. Montou na bicicleta e saiu à procura da igreja.

Testemunha de um casamento

A igreja.

O menino encostou a bicicleta com muita esperança. Subiu a escada e foi entrando, sentindo-se mais perto de Deus e de Virgínia a cada degrau. A igreja estava vazia. Não, não estava. Gil viu uma mulher idosa, com um lenço axadrezado na cabeça, rezando. "O que fazia lá?", perguntava-se, num lugar onde não havia ninguém para informar sobre a cachorrinha.

Cansado, sentou num dos bancos, olhando os santos e escutando o silêncio. A mulher do lenço saiu e entrou um homem com uma pasta preta. O homem da pasta preta saiu e entrou um cego conduzido por um menino. O cego e o menino saíram e entrou uma moça bonita vestida de azul. A moça bonita de azul saiu, mas Gil não viu quem entrou porque estava cochilando. Acordara cedo e pedalara alguns quilômetros. E nada como o silêncio para chamar o sono.

– Acorde, menino!

Gil abriu os olhos.

– Desculpe, seu padre.

– Eu não sou padre, sou sacristão.

– Já vou embora, seu sacristão.

– Você fugiu de casa?

– Saí de casa bem cedo, mas não fugi.

– O que está fazendo aqui?

– Estou procurando minha cachorrinha.

– Você perdeu sua cachorrinha?

– Ela sumiu de casa ontem cedo.

– Quem disse que a encontraria aqui na igreja?

– Um varredor do metrô. Ele a viu correr para este lado.

– Como se chama essa pestinha?

– Pestinha? O senhor por acaso...

    O sacristão sentou no banco ao lado de Gil e sorriu com o rosto todo, como o funcionário do metrô. Um sorriso desenhado por lembranças engraçadas.

– Qual é o nome dela?
– Virgínia Ebony Spots.
– Nome de gente e cabecinha de capeta.
– O senhor fala como se a conhecesse.
– Sim, eu e o padre Jacinto tivemos esse prazer ontem à tarde.

Tiveram. Às cinco horas da tarde, a igreja estava repleta porque havia um casamento importante: homem rico com mulher moça. E, como geralmente acontece, a noiva se atrasou. De repente, ouviram-se os acordes da marcha nupcial e todos os convidados levantaram-se e olharam para a porta. A noiva já entrava com o padrinho. Mas, à frente deles, vinha uma cachorrinha dálmata. Muitos levaram a mão à boca para segurar o riso. Outros riram a valer. O sacristão fez cara feia, mas padre Jacinto deixou um sorriso escorregar pelos lábios. Casamento é coisa séria, não é palhaçada. Um parente da noiva afastou a cachorrinha, que desapareceu de cena por alguns minutos. Mas quando os noivos, ajoelhados, ouviam as palavras do padre, a dalmatinha surgiu e sentou-se entre eles. Aí até o sacristão riu, enquanto o padre sofria por não poder fazer o mesmo num momento tão solene. E a cadelinha permaneceu sentada e atenta na mesma posição até o "Eu vos declaro marido e mulher" e o beijo dos noivos.

– E depois?

– Depois os noivos, os padrinhos, parentes e convidados foram embora.

– E Virgínia?

– Ela não foi convidada para a festa. Ficou.

– Ficou?

– Eu e padre Jacinto a levamos para a sacristia e lá ela tomou dois tigelões de leite.

– Virgínia adora leite.

– E um bom pedaço de chocolate.

– Outra coisa de que ela gosta.

O sacristão e padre Jacinto tiveram então uma conversa sobre a cadelinha e resolveram que ela ficaria com eles, na igreja, até que seu dono aparecesse. Não é comum haver cachorro morando em igrejas, mas a cúria nunca proibiu.

Resolveram também que, durante as missas, a cadelinha ficaria trancada para não perturbar. Ela, porém, depois do leite e do chocolate, mostrou-se muito inquieta.

– Por que, seu sacristão?

– Acho que saudade de casa.

– E o que ela fez?

– Fugiu.

– Fugiu?

– Sem que eu e padre Jacinto percebêssemos. Confesso que já estava gostando dela.

O sacristão não ofereceu nenhuma pista. A procura ia ficar ainda mais difícil.

– Bem, já vou, seu sacristão.

– Vou rezar para que encontre a cachorrinha.

– Deus gosta de cachorros? – perguntou Gil.

– Claro! Foi Ele que fez.

Isso nunca ocorrera a Gil e era bom saber. E com esse novo conhecimento saiu da igreja.

Virgínia na Roda-Gigante

Gil voltou a perguntar a todas as pessoas que lhe pareciam simpáticas se tinham visto a cachorrinha. Perguntou a um carteiro de cabelos brancos, a um motorista que comia um sanduíche e a um homem com cara de professor. Ninguém tinha visto. Pensam que Gil desanimou? Perguntou a um homem que parecia seu tio Mário e a um estrangeiro que não entendeu a pergunta. Pensam que desanimou? Perguntou a um mecânico que trabalhava debaixo dum carro, a um índio, sim, um índio de verdade, com tanga e penacho, em visita à cidade, e a um rapaz com um galo na testa chamado Vladimir.

– Venha comigo – disse Vladimir.

– Aonde?

– Ao parque de diversões.

– Por que ao parque de diversões?

– Trabalho lá – disse Vladimir. – Vendo ingressos para os aparelhos.

– E o senhor viu uma cachorrinha no parque?

– Vi uma cachorrinha branca com manchas pretas ontem à noite.

Gil acompanhou Vladimir ao parque, a dois quarteirões dali.

Vocês sabem como é um parque de diversões, não sabem? Pois esse era exatamente igual. Não um grande parque, mas um parquinho, e pouco frequentado àquela hora do dia.

– Não vejo cachorro algum – disse Gil.

– Está vendo aquela casa de madeira? É a gerência. Pergunte ao gerente.

Gil foi até a casa de madeira e lá encontrou o gerente, um senhor mais largo que gordo, camisa desabotoada e muito pelo no peito, uma cicatriz na face esquerda e uma cigarrilha preta apertada entre os lábios. Gil imaginou que todos os gerentes de parques de diversões tinham o mesmo aspecto, principalmente a cicatriz e a cigarrilha.

– Eu sou o dono daquela cachorrinha.

O gerente exibiu a cara mais ansiosa do mundo:
– Onde está ela?
– Estou procurando.
– Quando a encontrar, traga-a – disse o gerente. – Pago por ela quanto você quiser.
– Então ela esteve mesmo aqui?
– Esteve, sim.

– Mas por que o senhor quer a Virgínia? Gosta muito de cachorros?

– Detesto cachorros.

– Se detesta, por que paga por ela quanto eu pedir?

– Porque o pessoal que vem todas as noites aqui amou aquela cachorrinha.

Então o gerente contou. Virgínia apareceu no parque no começo da noite e se pôs a passear entre os aparelhos, guichês e barracas. Foi imediatamente notada e todos quiseram passar a mão no seu pelo e brincar com ela. Uma menina, com seu pai, a levou para a roda-gigante. A cachorrinha latiu o tempo todo, mas parecia estar se divertindo. Um casal de namorados comprou três ingressos para o trem fantasma, um para a dalmatinha. Aí todos queriam ir aos aparelhos com a cachorra. Ela foi vista na casa do terror, no chapéu mexicano, no palácio dos espelhos, no carrossel, na montanha-russa e nos automóveis elétricos. Gente que ia ao parque só para espiar acabava tirando dinheiro do bolso para se entreter com Virgínia nos aparelhos. Foi uma festa para todos, principalmente para a gerência, que nunca vendera tantos ingressos.

– E depois?

– Lá pelas onze horas a dálmata desapareceu.

– Ela simplesmente foi embora?

– Não – respondeu o gerente, penosamente. Desconfio que foi roubada, mas não sei por quem.

Gil receou que sua procura chegava ao fim. Se Virgínia tivesse sido roubada, como supunha o gerente, as coisas se complicavam. Não poderia bater em todas as portas da cidade. E ele não era um detetive. O menino quase chorou. Como encontrar sua cachorrinha se estava escondida dentro duma casa? "Vou voltar", resolveu. "Papai, mamãe e Betinha já devem estar preocupados." E adiou as lágrimas para mais tarde.

Já ia montar na bicicleta quando ouviu uma voz. A voz dizia:

– Menino, eu sei onde está sua cachorra.

A velha atriz e seu grande amor pelos cães sem dono

A voz pertencia a um homem de macacão. O homem era mecânico dos aparelhos do parque. Sua roupa estava toda manchada de graxa, mas seu sorriso era limpo.

– O senhor sabe mesmo?

– Sei, mas ela não foi roubada. A pessoa que a levou sempre que vê um cão sem dono o leva para casa.

– Tem certeza de que foi ela?

– Eu a vi saindo com a cachorra nos braços. Vou lhe dar o endereço. Você acaba de achar sua cadelinha.

A alegria dá choque igual à tristeza. Gil não esboçou um sorriso, mas seu coração batia como se fosse uma bomba-relógio. Saiu correndo, ouvindo ainda a voz do homem de macacão.

– Menino, a bicicleta!

Quase que Gil esquecia seu veículo.

– Obrigado, amigo, obrigado!

A pessoa que levara Virgínia para casa era uma mulher e morava bem perto do parque. Gil encontrou logo a rua e o número, uma residência gasta e modesta, de porta e janela, espremida entre dois sobradões que lhe roubavam o sol e o ar.

Campainha.

– Aqui que mora dona Marta Vidal?

Gil estava falando com a própria, uma senhora de mais de sessenta anos, penteado antigo, olhos espertos e ausência quase total de pescoço. Antes que ela respondesse, alguns (ou muitos) cachorros começaram a latir em diferentes estridências, e cada um com o som de sua raça.

– Sou eu, menino.

– Queria falar com a senhora sobre um cachorro.

– Quer comprar algum?

– Não, quero que me devolva o meu.

Dona Marta Vidal permitiu que o menino entrasse em sua casa. Assim que ele pisou na sala foi cercado por cães, na maioria vira-latas, dos mais diversos tamanhos. Aquilo era uma espécie de albergue canino duma pessoa de muito bom coração.

– Não repare – disse a mulher. – A casa não tem muita ordem. Moro aqui sozinha com vinte e seis cachorros.

– A senhora encontrou todos nas ruas?

– Não posso ver um cão sem dono vagando pela cidade, principalmente à noite. Me dá muita pena. Mas se alguém se interessar por um deles eu vendo ou dou. Só quero que sejam felizes aqui ou em qualquer outro lugar.

– E como a senhora vive? – perguntou o menino.

– Sou uma atriz aposentada – ela respondeu.

– Trabalhava no circo, no rádio e na televisão. Era comediante. Mas o que recebo mal dá para alimentar meus cães.

– Lamento muito.

– Venha ver meus troféus.

Dona Marta Vidal mostrou uma prateleira onde não havia mais espaço para aquilo que chamava de troféus.

– São bonitos.

– Fui a mais famosa comediante deste país informou. – Mas ninguém lembra mais de mim.

– Meus pais devem lembrar.

– Acho que não. Tudo passa.

– Mas a senhora ainda está viva.

– Só para meus cães. Os outros pensam que já morri. Falo das pessoas. Antes me reconheciam em toda parte. Hoje preciso provar a todo momento com documentos que estou viva. Mas nada disso interessa. O que você quer mesmo?

– Eu sou o dono da dálmata!

– A cachorrinha que estava ontem no parque de diversões?

– Essa mesma.

– Achei que estavam se excedendo e que ela começava a ficar angustiada com aqueles aparelhos todos. Por isso a trouxe para casa.

Quando Virgínia chegou, os outros cachorros ficaram alvoroçados.

A própria dona Marta, que tanto os entendia, não sabia se a estavam saudando ou manifestando despeito pela beleza da nova inquilina. Afinal, era talvez a única que realmente tinha *pedigree*. Virgínia assustou-se com a recepção, ficou encolhida em um canto e apenas se solidarizou com os companheiros na hora do jantar. Tarde da noite, quando todos os pensionistas já dormiam, Virgínia ficou muito nervosa, como se estivesse com saudades dos donos, arranhou a porta do quarto da ex-atriz até que ela a abrisse e, sem a menor cerimônia, subiu em sua cama.

– E dormiu com a senhora?
– Dormiu.
– Ela teve pesadelo?
– Parecia um pedaço de chumbo, muito cansada.
– Ela sempre dormiu comigo.
– Gosta muito de cachorros?
– Gosto, sim. Acho que nasci gostando.

– Mais do que de gente?

Gil não esperava pela pergunta.

– Bem, os cachorros nunca fazem mal.

A velha senhora preparou o rosto e a voz para uma confissão:

– Sabe, gosto mais de cães do que de gente. Sei que é feio dizer isso, mas digo. Eu não tenho vinte e seis amigos, porém tenho vinte e seis cachorros.

Gil queria ver sua querida cachorrinha.

– Agora me deixe ver a Virgínia?

– Ela se chama Virgínia?

– Virgínia Ebony Spots.

– Bonito nome.

– Posso vê-la?

Dona Marta Vidal balançou a cabeça:

– Ela não está aqui.

– NÃO?!

– Não.

– Onde ela está?

Uma pausa comprida e triste.

– Fugiu hoje cedo.

– Fugiu?!

– Sinto muito, menino.

– Como foi isso?

– Quando fui abrir a porta para pegar o leite, ela passou por entre as minhas pernas.

– Por que será que fugiu?

– Porque está querendo voltar para casa.

– Eu procurando por ela e ela por mim.

– Corria como um rojão.

– Pra onde?

– Para a avenida.

Gil balbuciou algumas palavras, saiu da casa de dona Marta Vidal, subiu na bicicleta e voltou a pedalar. Mas não tinha forças para perseguir um rojão.

Enfim, livres

Meio-dia. Gil devia estar morrendo de fome, mas a tristeza o alimentava. Resolveu fazer aquela pergunta em todos os estabelecimentos comerciais. Os cães perdidos frequentam as portas de restaurantes, bares, botecos, empórios, mercados e quitandas, qualquer lugar que cheire a alimentos. Ou então terrenos baldios e lixões.

Gil começou a ter alucinações, ver miragens. Pedalou muitas vezes atrás de cães que lhe pareceram Virgínia, a distância, ou atrás de meras imaginações.

Foi então que ele viu.

O quê?

Uma carrocinha de cachorros em movimento.

Gil, sem medo de nada, pedalou entre carros, ônibus, utilitários, motocicletas, carroças e caminhões. Emparelhou a bicicleta com a carrocinha, a odiável carrocinha. Viu muitos cães lá dentro. Mais de vinte ou trinta. Pedalava e espiava e pedalava com um carro buzinando atrás dele. Que perigo!

Então ele viu, ou julgou ver, ou quis ver, um cachorro branco com manchas pretas como um dálmata ou um perdigueiro – dois aflitos olhos caninos que o fitaram por um momento. Mas o tumulto do trânsito desmanchou o momento e não permitiu que ele se repetisse. A carrocinha virou à direita, e ele com a bicicleta, todo suado, a camisa ensopada, foi atrás. Com o trânsito mais desafogado, a carrocinha correu mais, virou à esquerda, depois novamente à direita, pegou uma ponte, uma via expressa e desapareceu.

Perdido, sem a menor ideia de onde estava, Gil, enquanto corria, olhava as placas das ruas. Não adiantava: ilustres ou não, eram nomes que desconhecia. Tinha a impressão de ter sido engolido pela cidade e, além da canseira nas pernas e nos braços, sentia uma sede ardida. E, o pior, não se animava a perguntar mais pela cachorrinha. "Estou me aproximando ou me afastando de casa? Isto é o estômago ou o intestino da cidade?" A cachorrinha que vira na carrocinha era sua Virgínia?

Parou.

Por que parou?

Porque estava vendo a carrocinha, a odiável carrocinha, estacionada perto dum largo. Pedalou mais um pouco: viu o laçador com sua terrível arma tentando laçar um ágil e brioso vira-lata com pinta de pastor-alemão. A tarefa estava difícil. Gil foi chegando sem ser visto pelo laçador ou pelo motorista. Espiou para dentro da carrocinha, mas havia tanto cachorro lá dentro, tanto, que não dava para descobrir o seu dálmata entre eles.

Gil encostou a bicicleta num poste e seguiu até o motorista que assistia à caçada, sem êxito, do vira-lata.

– Os senhores laçaram hoje um dálmata? – perguntou Gil.

– Sei lá! – respondeu o motorista. – Nem sei que raça de cão é essa.

Virgínia podia estar no meio daquela cachorrada toda. Gil foi dando a volta na carrocinha. Não sabia ainda o que ia fazer, mas ia fazer algo. Postou-se atrás da viatura, ouvindo os latidos desesperados e desencontrados dos cães. Pôde ver o vira-lata com pinta de pastor ainda driblando o laçador. Então seus olhos descobriram o ferrolho. Apenas um pedaço de ferro descascado. O que aconteceria se o tirasse da argola? Seria tão simples assim? Não pensou muito, deixou a mão trabalhar.

A mão de Gil, por conta própria, tirou o ferrolho da argola, puxou a porta e deu liberdade aos cachorros. Os olhos de Gil viram o que talvez não mais esquecessem: cães brancos, pretos, amarelos, marrons, de todas as cores, de cores misturadas, grandes, grandões, médios, pequenos, todos saltando da carrocinha, correndo e atropelando-se na fuga para a liberdade.

Alguns transeuntes pararam para ver. Muitos comerciantes apareceram nas portas de suas casas e lojas. Não sei quantas janelas se abriram. E até o ônibus brecou para que os passageiros pudessem apreciar o espetáculo.

Então, todos, menos o laçador e o motorista, é claro, começaram a bater palmas e a rir como se estivessem num teatro.

Gil subiu na bicicleta tentando reconhecer Virgínia entre os cães fugitivos. Seus olhos se moviam como os do espectador duma partida de pingue-pongue.

A viatura ficou vazia em menos de um minuto. Mas nada de Virgínia. Nem dela nem dos demais cachorros, que desapareceram rapidamente e felizes. E, se quiserem saber daquele vira-lata que o laçador estava cercando, saibam que escapou também.

– Foi você que fez isso, moleque? – perguntou o motorista.

Gil não respondeu, pedalou. Se estivesse participando duma competição, venceria. Mas pôde ver uma porção de polegares apontando para o alto em apoio a seu gesto.

No final da via expressa o menino já queimara todas as energias. Pedalava em câmera lenta, o corpo todo doendo, a camisa colada, os cabelos molhados. Fizera uma viagem como a de Marco Polo, mas de bicicleta. Teria um desmaio se não entrasse num bar de esquina para tomar um refrigerante. Tomou dois. E perguntou ao garçom que caminho deveria fazer para chegar em casa.

A volta foi longa e triste. Não imaginava que tivesse se distanciado tanto de seu bairro. Pedalara em avenidas, viadutos, túneis e vias expressas. Seus pais e Betinha deviam estar preocupados e olhando o relógio. Mas era Virgínia que o afligia. Onde estaria ela?

Mais pistas com o homem de pernas de pau

Gil já se aproximava de casa quando viu o homem-sanduíche de longas pernas-de-pau.

– Encontrou a cachorrinha? – perguntou lá do alto.

– Não.

– Eu sabia que não.

– Sabia? O que o senhor disse?

– Vi a cachorrinha.

– O senhor pode descer dessas pernas para me contar essa história?

– Não posso, estou trabalhando.

– Quando a viu?

– Faz uma hora.

– Onde?

– Aqui mesmo.

– Estava sozinha?

O pescoço dói quando se conversa com um homem de pernas de pau.

– Estava. Isto é...

– Isto é o quê?

– Estava, mas foi apanhada.

– Quem a apanhou?

– Ora, um ladrão de cachorros.

– Como era ele?

– Daqui do alto não dá para ver como são as pessoas. Só sei que era moço e vestia um blazer.

– Para onde ele foi?

– Como posso saber? Estava num carro. Pôs a cachorra dentro e se foi com ela.

– Que carro era?

– Marrom.

– A marca?

– Não entendo de marcas de automóvel.

O homem de pernas-de-pau não quis mais papo, seguiu o seu caminho. Podia ser a hora de chorar, mas Gil não acreditou no que ouviu. Podia ser brincadeira. Quem vive naquelas alturas não tem obrigação de falar a verdade.

Fim da história

Gil chegou no seu bairro, na sua rua, na sua casa.

Pensou que o esperavam no portão, mas não viu ninguém. O carro de seu pai estava lá. Deixou a bicicleta ao lado dele e apertou a campainha.

Betinha apareceu à porta.

– Onde você esteve?

– Procurando Virgínia.

– Então você não comeu?

– Só tomei refrigerantes.

– Que susto que você deu na gente!

Gil entrou.

Seu Rubens veio a seu encontro, mas não estava zangado.

– Sabe que íamos pedir à Polícia para procurar você?

– Tinha que fazer o que fiz, pai.

– Ora, todos os meninos um dia procuram um cachorro perdido. Você apenas foi mais longe. – E gritou para cima: – Laura, venha ver quem chegou!

Dona Laura desceu as escadas e beijou o filho.

– Como você está suado! Você está feio, Gil!

– Pedalei muito, mãe.

– E não encontrou Virgínia?

– Ela foi roubada por um homem. Foi embora num automóvel.

– Quem contou?

– Um propagandista de pernas-de-pau.

– Está com fome?

– Não sei.

– Vá para o quarto – disse o pai.

– Antes quero um banho.

– Não, vá primeiro para o quarto. Alguém está lá à sua espera.

Só podia ser vovó Ana.

Gil subiu as escadas, estranhamente seguido por seu Rubens, dona Laura e Betinha.

Abriu a porta do quarto.

Em sua cama, tão cansada como ele, Virgínia dormia. E tão profundamente que não acordou com a presença dos quatro.

O que Gil sentiu não dá para contar.

– O homem que a pegou não era ladrão. Tinha ouvido o rádio. Nem quis gratificação – explicou seu Rubens.

"Será que mereci isso por ter salvo os cachorros da carrocinha?", supôs o menino.

– Está contente? – perguntou Betinha.

Gil não respondeu, os olhos na cadelinha, ressonando, toda esticada, a cabeça enterrada no travesseiro. Às vezes seu corpo tremia. Devia estar sonhando com suas aventuras.

– Diga alguma coisa – exigiu dona Laura.

– Perdeu a fala? – pilheriou seu pai.

Gil desviou o olhar para os três.

– Acho que vou chorar – anunciou.

Palavras do autor

Este foi meu primeiro livro não destinado ao público adulto. E ainda é o único para o público infantil.

Nasceu do pedido, quase imposição, de um editor amigo.

– Não sei escrever para crianças – eu disse.

– Mas você não está adaptando o *Sítio do Picapau Amarelo*, de Monteiro Lobato, para a televisão?

– Adaptar é muito diferente. Outro tipo de trabalho.

– Mas não pode tentar, ao menos?

Geralmente acabo topando mesmo as propostas mais absurdas de meus amigos. Aquela tinha o tom do desafio. Levei-a para casa. À noite comentei com minha mulher:

– Imagine, querem que eu escreva um livro infantil.

– E por que não escreve?

– Porque minha infância já ficou muito para trás.

Nesse instante, entrou na sala, sacudindo o rabo, minha dálmata Virgínia Ebony Spots. Imediatamente me lembrei de outra cachorrinha que tive, mas aos dez anos de idade. Minha primeira grande paixão. E, como toda grande paixão, me fez sofrer muito. Tinha a mania de fugir de casa. Por melhor que a tratássemos. Diversas vezes consegui encontrá-la, bem longe, e trazê-la de volta, sempre suja e fazendo cara de arrependida. Até a vez que a ingrata fugiu... definitivamente. Chorei.

– Em que está pensando? – perguntou minha mulher, ao estranhar algo em meu rosto.

– Vou escrever a história de uma cachorrinha fujona – anunciei. – Para uma criança não há nada pior. Mas não darei à cachorrinha da história o nome de certa vira-lata que me fez chorar tanto. Ainda não a perdoei.

– Você pode até dar um final feliz – sugeriu a minha cara-metade, já na torcida.

Aceitei o palpite. A literatura tem a virtude de retratar a vida. E, às vezes, melhorá-la.

Quem foi Marcos Rey

Marcos Rey sempre circulou pelo mundo artístico: foi jornalista, redator de rádio, autor de programas e de novelas de televisão, criador de campanhas publicitárias e roteirista de filmes. Paralelamente, escreveu contos, crônicas e romances inspirados no cotidiano da cidade de São Paulo e ambientados nas décadas de 1950 até o fim do século XX. Fez adaptações de obras literárias para a TV, como *A Moreninha* e *Memórias de um gigolô,* e participou da equipe de roteiristas do *Sítio do Picapau Amarelo*. Somente perto dos 60 anos de idade, porém, conseguiu viver apenas "de literatura num país que lê tão pouco".

Em 1980, recebeu um convite para publicar romances infantojuvenis. Aceitou-o, mas continuou escrevendo romances, contos e crônicas para adultos. Escreveu mais de quarenta livros e teve sua obra traduzida em outros idiomas.

Em 1986, foi eleito para a Academia Paulista de Letras. Faleceu em 1999, em São Paulo.

Cecilia Esteves

Cecilia Esteves é arquiteta diplomada pela FAU-USP, formada em animação pelo Centre de Formation Technologique Gobelins de Paris e trabalhou em projetos de longa-metragem e publicidade em estúdios de animação na França, Inglaterra e Brasil.

Desde 1998 desenvolve trabalhos de ilustração para livros, materiais institucionais, embalagens e criação de personagens para diversos estúdios de design e editoras do Brasil. Em 1999 e 2004 recebeu menções "Altamente Recomendável" da Fundação Nacional do Livro Infantojuvenil e em 2006 um de seus trabalhos foi selecionado para o Catálogo da Feira de Bolonha.

É sócia da produtora Pulo do Gato Animação, que desenvolve trabalhos de animação, design de jogos e videoclipes, e participou do Conselho da Sociedade dos Ilustradores do Brasil (SIB) desde sua formação, em 2002.

Livros de Marcos Rey pela Global Editora

Infantojuvenis

12 horas de terror
A arca dos marechais
Bem-vindos ao Rio
Corrida infernal
Diário de Raquel
Dinheiro do céu
Enigma na televisão
Marcos Rey crônicas para jovens
Não era uma vez...
Na rota do perigo
O coração roubado
O diabo no porta-malas
O homem que veio para resolver
O menino que adivinhava
O mistério do 5 estrelas
O rapto do Garoto de Ouro
O último mamífero do Martinelli
Os crimes do Olho de Boi
Quem manda já morreu
Sozinha no mundo
Um cadáver ouve rádio
Um gato no triângulo
Um rosto no computador

Adultos

A última corrida
A sensação de setembro – Opereta tropical
Café na cama
Entre sem bater
Esta noite ou nunca
Malditos paulistas
Mano Juan
Melhores contos Marcos Rey
Melhores crônicas Marcos Rey
Memórias de um gigolô
O cão da meia-noite
O caso do filho do encadernador
O enterro da cafetina
O pêndulo da noite
Ópera de sabão
Os cavaleiros da Praga Divina
Os homens do futuro
Soy loco por ti, América!